返答詩集　余韻

大野弘紀

ポエムピース

返答詩集　余韻　目次

返答詩集

余韻

第一章

星が消えた時

その歩みが終わる時――余韻

走ろうとしても　想いが絡まって
思うように　踏み出せなくて
見上げれば　空は果てしなく　青くて
空の彼方から――溢れた想いが
――落ちてくる……
それは光り輝いていた　色褪せた宝石……

手に触れて　閃いて　翻って　本当は嘘になる
だから嘘も―本当になる

時には裏切りのような残酷さで
信じようと勇気を振り絞っても　伸ばした手は傷ついてしまう
痛みに手を引っ込めて　滴が零れ落ちてしまったから

もう――取り戻せない……

歩みが――止まってしまった
時が止まるように　それはまるで――夢の終わりのように
もう何も見えない……
星が消えてしまったから

こんなことになるのなら
最初から信じなければ――よかったのに……

見上げた空　見渡す地平　この星に──生きるということ

生きていることはこんなにも奇跡なのに
どうして生きているうちに当たり前になってしまうのだろう
生きていくことはとても大変なことなのに
どうしてそれが簡単なことのように思えてしまうのだろう
みんなこの世界の掛け替えのない宝物なのに
どうして自分のものだと思ってしまうのだろう
樹も　空も　川も　草も　花もそう
虹も　月も　太陽も　夜の星々と　そしてこの手のひらの石もそう

どうして大事なものが時を経るほど色褪せるように
大事ではなくなってしまうのだろう

軌跡を辿ればそれは奇跡そのものなのに
それはただの道でしかなくなってしまう

自分じゃないから　誰を傷つけて
自分じゃないから　何を壊してもいいなんて……

自分も　この世界の一部で　この世界そのものなのに

どうして自分で自分を傷つけるようなことをするのだろう
どうして自分の心を踏みにじるようなことをするのだろう

その悲しみや痛みは　彼方の星のように
いつか届いてしまうのに

だから　きっと……この降り注ぐ雨は誰かの涙
この流れる血は彼方の悲しみ

その痛みに寄り添う誰かはいるのだろうか……
その悲しみをすくい取る誰かはいるのだろうか……

この巡る血も　震える命も
みんな自分であって　自分ではないもの

永遠の呼吸も　明日の朝陽も　そして生きて　巡る——この命も
すべて自分だけのものではないもの

自分だけではどうしようもないものだから
できることは手足を必死に動かして
沈まないようにすることだけ

だからそれ以外はすべて借り物
いつかこの世界に還っていくもの

だからそれ以外はすべて贈り物
それは自分のというより世界の圧倒的な力

自分以外のすべてに　この世界のありとあらゆるものに
この命が生かされている

ただそれだけで
この世界にあることを――許されている

空も　海も　風も　樹だって同じ

抱きしめてあげて

それは――自分自身だから
それは　こんなにも―掛け替えのない世界だから
世界はそれだけで――満ち溢れているから

揺り籠

光は見えなくても
気づかれなくても
変わることなく　そこにあるもの

太陽が沈んでも銀河の輝きは消えないように

見えなくても
届かなくても　悲しくても
たとえ潰えてしまうとしても　この世から消えることはない

暗闇の静けさに泣き崩れ　眩い光に打ち拉がれても
それでも空は遥かに高く　そして風は果てしなく舞い上がり

花片は旅人のように　空を踊る雲のように流れて
木は静かに佇み　日溜まりに安らぎを奏でて

朝陽と闇夜の狭間で鼓動する命は
その音色に包まれて煌めく

見えなくても　触れられなくても
神秘の籠に揺られて　幾億の光の中に眠る

激しい嵐も　ここでは静かな瞬きでしかない
すべてが穏やかにそよぎ　安らかに呼吸する場所

何もここでは失うことはない　すべてがここに眠り
芽生え　花開き　散り　そして眠りにつくだけの場所

鼓動は海のようにうねり　星のように見えざる輝きを放つ

風のように歌い　雨のように大気を鳴らして

この闇の中で　光に包まれ
母の腕に抱かれるように　父の背中を抱きしめるように
目覚め　眠る——その狭間で歩む

光を探さなくていい
それはすでに眩いほどに——ここにある

ただ感じて　思い出すだけでいい

それは手のひらの大きさでしかない
一瞬の鼓動

しかしそれは星よりも大きな
永遠の輝き

それはどんな時も　どんな道を歩んだとしても
決して変わることなく　星空に包まれているのだから

宇宙の旅

こんなにも広い世界だから
迷ってしまうのは当たり前なこと

自分なんてこんなにもちっぽけだから……
手のひらを閉じたり―開いたりしてみる――こんな小さな手で
できることなんて――どれくらいだろう……

――想い　馳せてみる……

何か遠い場所を目指して必死なことや　一生懸命に生きていることとか
そんな想いを乗せた歌声だとか

自分にとって大事なものは
他の人にとってはどうでもいいことかもしれない

この世界から見下ろすと
もっとそういうものに見えるのかもしれない

この圧倒的な広さに飲み込まれると
消えてしまっても　この世界にとっては何の問題もないような気がしてくる

日常なんてささいなこと
星の巡りや光と闇から見渡すと星よりも小さいもの

でもそんな取るに足らないものかもしれない――ささやかなものを
ずっと胸にしまって大事に――生きてきた

それは誰かにとってはどうでもいいかもしれないけれど
それでも自分にとっては彼方の星よりも大事なものだった

この歩みは星の軌道よりも重苦しく
そして太陽よりも希望に満ち溢れていたはずだから

星と星が出会うように
こんなちっぽけな手のひらで守り続けた何かが
彼方の星のように　誰かに届くだろうか……
――そんな夢を見る

ささいなことでも　自分にとっては大事なこと
どうでもいいことでも　どうでもよくなんかない

こんなにも広い世界だから
生きていくことがとても大変な世界だから
流れに抗えなくても懸命に泳いで息をして
飲み込まれても必死に握りしめている

命の鼓動は　体の旅

星は体を乗せて　廻る宇宙船

その宇宙の中で震えて　銀河が呼吸する
宇宙は空の彼方に広がっているんじゃない
既にこの命が宇宙の中で揺れ動く星だから

魂は心を奏で　心は想いを詠い
想いに感情が瞬き　そして散っていく
それは星が瞬き消えていくかのよう
心は見えなくてもそれはこの広い世界のよう
命なんてそんな一瞬のもの
儚いからこそ美しく
失われるからこそ　垣間見える光は何よりも尊い

世界に触れて　この心奥底に触れたもの

花にとっての雨のように
この心を潤してくれる何かを求めて　指先を空に伸べて
木にとっての光のように
この心を温かく包み込んでくれる何かを探して　彼方へと彷徨っている
この心とあの世界との隔たりは　断崖と海のように絶望的に感じてしまう
それは樹海のようで　砂漠のようで　何もなくて
あるとしても
そこには広大な悲しみと孤独が重く　深く──佇んでいる

こんな小さな心に閉じこめて
小さな体に背負えるようなものではないから
もう――疲れ切ってしまった…
ただ立ち尽くして　ただ息をして　心臓が勝手に鼓動するだけ
何も考えられない　何も感じない　日常が虚しく流れていくだけ
痛くて仕方なくて　何もかもが消えてしまった…
それでも―この呼吸が続いていく意味は―あるだろうか…
涙を零したら　それは太陽に照らされて
光り輝いて　足下に落ちた
手のひらで受け止めて

それは光のような——温もりで

こんなにも儚くて　小さな雫なのに
こんなにも　溢れてしまうのはどうして……

虚しくて　寂しくて　どうしようもないのに
どうして生きることを願ってしまうの

涙は次から次へと零れて—堕ちていく…

この瞳を辿って　心に辿り着くなら
涙が溢れるくらいに　心を満たしているのなら——
そんなことでこんなにも失望した世界なのに
どうしてこんなにも愛しく想ってしまうの

それはまるで彼方の星のよう
道標を描いて歩き続けてきた光のよう
涙は零れて　大地に落ち続ける…
その滴一つ一つが—まるで…祈りのように
願いの—結晶のように　大地に届く—
——まるで……唄うように

—まだ消えないで—
—まだ握りしめていて—
—いつか消えてしまうその日まで—

――きっとこれからも続いていく

泣いても　笑っても　どんなにか―頑張って
それでも―どうしようもなくて　痛みに耐えることしか――できなくても…

この世界は―とても残酷な場所かもしれない
それでも―ここに命がある世界は
こうして――生きている

涙零しても……溢れてしまうくらいに
――ここにあるから

真理　神秘　そして奇跡

例えばこの命の中に　一つの奇跡が隠されているとしたら
それはこの心臓の鼓動に何を託しているのだろう

見上げた空の　彼方の闇の　その果ての無数の光に散りばめた
この世界の圧倒的な広さに目眩がする

どうしてこの世界はできたのだろう　どうしてこの命は鼓動するのだろう
どうして自分はここにいて　生きているのだろう

どれ程考えても―分からない…

例えば世界の果てに　探している答えが秘められているとしたら
それはこの世界に何を指し示すのだろう

大地の彼方の　空の果ての　深い眠りのような漆黒に煌めく幾億もの光は
そのために輝くのかもしれない

星は輝く鍵のように
宇宙の中に―そっと佇んでいるのかもしれない

何気なく通り過ぎる足下の小石のように

ふと目に映る花のように
人知れず消えゆく虹のように

世界の秘密はそんな場所で囁いているのかもしれない
誰かに――見つけてもらうために

例えば見えない場所で輝く星が　この世界の真理を宿しているなら
それはこの世界を支えているのかもしれない

そっと抱き寄せ　抱擁し　手を握りしめて
守り続けるように

この命はどこから来てどこへ行くのだろう　世界の果てには何があるのだろう
過ぎた時間は―そのすべては―どこへ消えてしまったのだろう

どこまで旅しても―やっぱり見つからない…

例えば世界の果てが　この心の奥底に繋がっているとしたら

この世界はあなたに見つけてもらうためにこそ――あるのかもしれない
この命はそのすべてがあなたに出会うためだけに――あるのかもしれない

――それは離れてしまったとしても
きっと…消えてはいない

誰にも見えないほどの彼方に
――それはきっとある

誰にも見えないほどの奥底に
それはきっと――生きている

――夢のように

この世界に生きるということ

鼓動を始めた心臓が　そこにあって
咲いた花は　美しくて
灯火のように　今にも消えてしまいそうだから
儚い光を　夢と呼んで
抱きしめて
そうして世界は産まれて

守りたいと願うから

この世界は――廻り始めた……

その命は呼吸を始めた

藻掻くように

見えない目で　必死に見ようとして

聞こえない耳を　懸命に澄ませて

倒れても　挫けても

諦めないで――歩み始めた……

けれどもこの世界に生きる意味なんて　死んでいくように崩れていくから
孤独な命は　ただただ―虚しくて
雪のように　溶けて消えていくから
この世界に生きることが―分からなくなってしまう…
どんなにか――彼方の星に届くくらいに求めても
遠くの誰かに聞こえるくらいに―叫んでも
大地を浸すくらいに―涙を零しても

――何にもならなくて

苦しみが―溶けない氷河のように積み重なって
砂漠のように果てしない大地となって　この心を閉ざしてしまう
あの花が―枯れてしまうくらいに
あの灯が―消えてしまうくらいに…

その声は誰にも聞こえない
それでも地上を照らす光となって――煌めいて
風となって　耳元に優しく――囁いて

見てもらえなくても　叫ぶように　彼方の星が——輝いて
ここに生きている命が
その意味を見失っても　自分を失いそうでも
それでも手を伸ばすように　必死に寄り添っている

ここに咲き　灯り
そして鼓動する心臓は—夢を見ている
それは　生きるという—祈りだから

すべてが消えてしまっても　この音色が止むことはない

そのことを—この命が生きている世界は
誰よりも知っている

その傍で　一緒に生きてきたから
ずっと——見守ってきたから

たとえ嫌われても　憎まれても
傷つけられても　穢されても　無視されても
あなたを守り続けようと願い　手を伸べ続けている
その祈りは　世界の奥底に鳴り響く音色と——同じだから

命は——やがて歩み始める
目にした景色に映る—闇と光の中を
嵐と無風のような—世界の狭間を
倒れても　挫けても
——歩み続けている

見失う光　聞こえる声

彼方の光は　この手にはないから
欲しくなって　追いかけても届かなくて
焦がれるそれは恋のようなのに　それもいつしか見失ってしまう

残されたのは　空っぽの手
頭上に広がるのは　光の失われていく――闇夜
それは手を伸ばすほどに　遠ざかる光

消えたのは――光だけじゃない

立ち止まって　目を閉じて
胸に手を当てれば　聞こえていたはずの――声

もうその声は――聞こえない……

あの光に見捨てられるのが恐かった　だから必死に追いかけていた
でもその手に自分はいなかった　どこかに落としてしまったから
拾う時間もなくて　止まることも許されなくて
気がつけば――無くしてしまっていた

本当に欲しかったのは　あの星じゃない
――自分自身だった……

何を捨てれば　何を得られるだろう
何を得たら　幸せになれるだろう
振り返れば――そんなことばかりを考えていた……

だから胸の奥の声が何て言っているのか　聞こうともしなかった
足りない自分だから　精一杯藻掻いて　でも失うことが恐くて—震えて

歩むほどに募っていく苦しみが
増していく胸の痛みが——ずっと叫んでいた
悲しいほどに——分かっていた

——こんなの　自分じゃない……

迷って　手にしたものは　どれも零して
これまでの歩みに　意味がないように思えて
そんな自分を　受け入れられなくて…

握りしめたこの手を放せば　捨てるのは簡単
でも一つでも失ってしまえば　きっとすべてを捨ててしまうから
震える手で　必死に――握りしめていた
傷つくことが　どんなに恐ろしくても
その痛みに耳を澄ませなければ何も聞こえない
そこに抱いた願いも　瞬いた想いも
そして――これから歩む未来さえも
それは本当に触れたかった　彼方の光
星よりも見えない場所に　確かにあった光
胸の内から　聞こえるように

闇夜から　降り注ぐかのように

きっと――聞こえる

どんな時でも耳を澄ませば取り戻せる
生きてさえいれば失っても何度でも会える
足りない自分　受け入れられない自分　それでも生きてきた自分
どれも掛け替えのない――自分自身だから

失われたもの

――それは
失ったのだと――想っていた……

最初からこの手にはなかったから

それは誰もが持っているのに
自分だけが持っていないものだった
それらしく振る舞うのは簡単だった

どんなに虚しくても　見ない振りをしていればいいだけだから
誰もそんなことまで想いはしないから
そんなことで心は勝手に傷ついていった
突き刺さった矢を涙流して—抜き取って
倒れそうになっても

歩むことだけは—続けて……

——だから理解されない苦しみは
何度でも繰り返してきた

それは——失ったからじゃない
そんなものは——最初からこの手になかった……

大切にしたいものも　願うようにできなくて
情けなくて　自己嫌悪に　押し潰されそうで

もう消えたい――夜空に叫んで…
それでも　生きたい――朝陽に夢を見て

辛いことも辛いって分からないくらいに
心を痛みで塗り潰して真っ黒になるくらいに

痛みと引き換えだとしても――命は鼓動を続けていて……

誰も分からなくても
誰にも分かってもらえなくても

「辛い」「疲れた」「苦しい」
どんなに叫んでも

「私なんていなければいい…」
―それでも痛みを感じ続けて

願いは叶わなくて　夢は散って
傷だらけの心を引きずって　彼方の光へと手を伸ばす

心が壊れても
それでも希う明日を希望と名付けて

伸べられたその手が
伝えてくれた優しさを愛と呼んで

何も与えられなくても

与えられたものが　たとえ痛みだけしかなくても
愛すら信じられない世界で　苦しみに溺れそうなこの世界で
そんな場所からでさえも
——光を探し続けたから

この歩みが
胸に抱いて——守ってきたから

痛みは心の中に残り続け
苦しみはふとした瞬間に蘇り
今を何度でも苛む——それでも

この命は消えることはない

どれほどの痛みでも命は続いていく
それが絶望だとしても

歩みが続くことは——許されているから

——あの彼方の光に
いつか届くその日を夢見て

この光なき闇空を　震えながらでも　歩み続けて
痛みの散りばめられた軌跡が　その手の中で　紡がれて星となるから
輝きに触れるように　命は鼓動を続ける
込められた願いに——守られるように

第二章

星の光と夢

幸せの悲しみ　零れた愛しさ

すべてを失ったと思っていた
愛しい人……
温かな思い出――
そして――自分自身までも……

別れがこんなにも痛みを伴うのは

込めた祈りや願い　注いだ想いのすべてが
引き千切られて　受け止めてくれる人は　もういなくて
心のどこにも行き場が無くなって　それがひたすら虚しくて

消えてしまいたいほどに——苦しいから

俯いて泣いて
もうこんな世界なんて見たくないと　目を閉じて
膝が崩れて　世界を呪いたくもなって

それでも　この手から地面に零れて　転がって　残ったものが
——手を差し出してくれる

その手を伸べていてくれたのは温もり
これから彩られていく今
そして—それでも旅を続ける自分自身

残されたもの——それは
取り戻せるかどうかも分からない
それでも守りたいと願う——日常

だから気づいてしまう
守りたいという願いがあったからこそ
この心は支えられてきたのだということを

伸べられた手を掴んだのは　破片になってしまった自分の欠片だった
何を失ったとしても　まだすべてが消えてしまったわけではなかった

ただ過ぎていくだけの　日常であっても
感じることのすべてが虚しく思えてしまう　心であっても
何となく生きているだけでしかない　命であったとしても

本当はとても儚くて　眩しいくらいにキラキラして
そして今にも崩れ落ちそうな場所で――この世界に守られている

手を差し伸べて　もう一度　何度でも握り直して
その温もりに目を閉じて　安らぎと祈りを込めて

願いを抱いてしまうのは
いつかこの手を離してしまうことを知っているから

それでも　この手が届くのは今だから
――今しかないから

必死に握りしめて　痛いくらいに想って
悲しいくらいに――愛してしまう

いつか離れてしまう　それでも――この手を
しっかりとした強さで握り返してほしいと――夢のように願って

こんなにも幸せだから
こんなにも悲しくなる

それは悲しみではあるかもしれない
とても優しい――温もり

幸せは闇夜にとっての流れ星のよう
とても眩しいのに　儚くて　願っても消えてしまう
それでも心の中に残り続けるから

出会えなければ
こんな幸せにも――出会えなかった
こんな悲しみも――知ることなんてなかった
それすらも愛しいなんて――想えることさえなかったから…

光と引き換えに　失ったもの

その光はあまりに眩かったから
恐くなってしまって

自分なんかが
触れてはいけないと思った

突き放したのは――自分自身だった

突き落とされたのは
まるで光が届かないような
――闇の世界

どれだけ叫んでも
誰にも届かないような
――孤独な場所

どこまで行っても
そこには自分しかない
――空っぽの世界

想うことが苦しいのに
光を想わずにはいられなかった
指先がすり切れて　血に染まっても
それでも諦められなかったから　叫び続けた
誰にも触れられなくても
どんなに伸べて　届かなくても

そんな願いを呼び続けたから
この手を温かな手が掴んでくれた

辛くて　苦しくて堪らないのに
だからこそ――出会えたから

この手を握ることも本当は恐い
自分で突き放してしまった自分自身だから

この声が聞こえたのは
きっともう一人の自分だから

想ってくれる人なんていなかった
こんなにも手を握りしめてくれる人なんていなかった

自分なんかいなくなってもいいとさえ思っていた
——そんなことない
痛いくらいに握りしめた手が伝えてくれる
どうかこの手を握り返して
望んだ光の場所まで連れて行くから
だからその手を離さないで

——信じて
自分自身を——信じて
光の場所に出れば　影と二人きり
光と引き換えに大切な温もりを失ってしまうとしても　もう元には戻れない

それは掛け替えのない痛み
だから決して消えることのない悲しみ

それでも――こんなにも想える人がいた
想ってくれたから　温もりが――ここに残されている

たとえ思い出の中にしかいなくても
それすら幸せと呼んで――抱きしめていたい

消えた星が残した光

別れの悲しみは
いつまでも心に残り続ける星のよう
それは永遠に咲く花のよう
それは溶けて混ざり合う
想いという名の―思い出の欠片
これから抱く　未来という夢
その歩みが　かつての想いと　重なる道

彼方に願ったものが
流れ星となって　降り注ぐように

その祈りが
花となって　香り運び癒しとなるように

辿ったはずの道の彼方を
どうか風が優しく　吹き抜けるように

星が導き　雨が流れ　星が詠い
灯台となって　闇夜を導く光となるように

繋いだ手と信じた未来が
どうか守られるように

最期の別れが

悲しみしか残さないとしても

せめて　そこにさえも喜びが舞い降りて
どうかこの手に残るものが　微かであってもいい
それが胸の中で蝋燭の火のような救いになるから

別れてこそ　そこに残るものたちが
どうか―光となって夜空に煌めく星となるように

どんなに傷ついて
一生懸命に生きて
誰にも認めてもらえなくても

否定されてばかりで
生きることが苦しみに溢れて
涙零して―それでも

残された優しさが
記憶の中の微笑みが
届けてくれた勇気が

こんなにも残された世界を支えてくれる

いなくなっても　消えてはいない
この心の中に　この世界に——生きている

悲しみさえも微笑みになるように
愛しささえも星となるように

たとえ伝えたかった想いが届かなくても
守りたかった願いを無くしてしまっても
この胸の中で消えてしまったとしても

それは失っても思い出だから消えることはない
それは希望のように心の空に何度でも昇る
決して消えない太陽になり

頭上に闇夜が広がったとしても
一点に輝く星となって　光を捧げる

世界でたった独りのために
咲く花のように

風の悲しみ　光の痛み

風が無数の糸のように靡く
それは髪のよう

光が幾多の雨のように降り注ぐ
それは涙のよう

掴もうとしてもどれも掴めないもの
触れようとしたらそれは刃物のように鋭いから

痛みに引っ込めた手の　その指先に一筋の傷から　血の滴が垂れる
垂れた滴は大地に染みを作る　それは湖のよう

空を赤く染めるほどに　月さえも恐いくらいに
手を触れたらそれは温かかったのに　みるみる冷たくなっていく
冷え切って夜になればそれは凍てついて　体がしんしんと冷える
触れられたのも束の間
それは温かくて心を満たしたのも一瞬
それは瞬く間に冷えて　凍えて　心を氷に閉じこめた
震える声で　必死に叫んで
手を伸ばしても　あの空には—届かなくて…
その手に風が絡まる　光が打ちつける

こんなことを願ってはいけないと　囁くように
そんなことを思うことさえも間違っているのだと　押さえつけるように
優しく見えるのに　とても暴力的な力で

力尽きるように　傷だらけで湖に体を横たえる

涙が零れて血と混ざる

血はとても冷たくて　涙はとても温かくて
その氷を溶かすかのようだった

きっと　それは――祈りだから

自分で閉じこめてしまったこの心を
この手で―命で　どうにかしたくて―流した涙だから

湖は溶けて　そして空のような青に変わる
それは陽のように温かくて　雲のように優しくて　星々のように煌めいて

こんなにも美しくて　掛け替えのない世界に
すべてがここに映る　すべてがここにある——そんな場所に

——この体は横たわっている

それは自分自身が綴った痛みの叫び声と
救いを求めて描いた夢だから

心臓が鼓動を始める
生きていくために

胸に手を当てれば　とても温かい
命がここにある　何よりも確かな温もり

この手が自分自身に生きていてほしくて
そうして抱きしめたもの　その願いが―込められているから
この願いだけしかなくても　握りしめるしかない
一人きりの――世界だから

その鼓動は　誰にも聞こえないのに
どうしようもなく　そこに鳴り響く　歌のよう

居場所なんてなくても
ここに生きていていい
この人生がすべて間違っていたとしても
苦しみながらでも生きてきた　その姿のままでいい

自分さえも受け入れられない
――それでも
この世界に許されているから

死んでしまいたい……

――それでも　この世界に

――生きて……

涙に触れて—救いを

手を伸ばしても触れられない
残った棘が突き刺さって血を流してしまうから
抱きしめたいのにそれもできない
この想いはあまりに痛みで溢れているから
月のように何度でも蘇り
この心に闇を降り注ぐ
こんなにも胸が苦しいのに
まだ過去を受け入れられない

この想いを認められない
自分自身でさえも受け止めることができない
その隔たりに痛いほどの悲しみを感じてしまう
それでも抱きしめることなんてできないから虚しさに襲われる

——本当は
許せるなら許してしまいたい

でも苦しくて仕方ないからそれもできない
だから過去と一緒に自分も消えてしまいたいと願ってしまう

本当は吐き出したくてしょうがない
誰かに分かってほしくて堪らない

それでも—誰もこの想いを受け入れてくれる人なんて——いない…

この想いにはもう触れられないから
こうして彼方の星に手を伸ばすのに——届かない…
それは心から溢れる涙に変わる
どんなに涙を流しても過去が洗い流されるわけじゃない
それでも——雲の覆われた空から
射し込む一筋の光になるように……
過去に手を伸ばして痛むのは
その棘の方を掴んでしまうから
その傷が許せないなら
大事にしてほしいとかつて抱いた夢の方へと——手を伸べて

過去に抱いたその願いを
そこに生きていた過去の自分を——どうか抱きしめてあげて
涙に触れられるのなら
あの時抱えた悲しみに　彼方に瞬く願いに
この手は——届くから

第三章

触れた光

漂流

――気づいたら
ここは――海の上だった……

海の底に流れる潮と　海の上を流れる風は　ちぐはぐで
空っぽの心には　様々な向きの流れが　入り込んでくる
右と左　上と下　過去と未来　それらが混ざり合ってしまうから
自分の向かおうとする足と　正反対の流れが　ぶつかって
握りしめた自分のキラキラした光が　気づいたら他の誰かのものと

取って代わっていたことにさえも――気づいてあげられなくて……

握りしめて　進み続けて
ぶつかった痛みに　思わず手を離して
落としてしまった時に――気づく

――これは自分のじゃない……
こんなにも苦しみと虚しさを感じてしまう

それでも流れは止まることはない
戻りたくても――押し流していく……

もう―探しにも行けない……

言葉は矛盾して　流れは真逆で
どれを掴めばいいのか分からなくなってくる…

好き勝手に放った言葉が　胸に突き刺さり
抜けなくて　涙は零れて傷と触れて
痛みは　そこに刻みつけられてしまう

苦しみから　逃れたくて　藻掻いて
手にしていた確かな想いに　手を伸ばす
決して無くしはしないと　強く抱いた願いに

自分のものと　自分ではないものが　溶け合う

瞬いた光を届けたいと指先に託して
けれども舞い降りた言の葉は　とても儚くて
次の瞬間には新しい光に飲み込まれて消えてしまう

自分だけのものと　自分だけのものではないそれが

悲しいくらいに　隔たっているから

この隙間に届かない手は　木の葉のような　言葉を落としてしまう
すくい取れない　その光は　涙のようで
手を伸ばして　どうか触れたいと願う

願いは夜空に流れ星となり
月の姿が波に揺れて涙のように滲む

重ならないその想いが届くなら
その手に重なるために　どうか舞い降りて

それは歩み続けること
波に抗い　流れに立ち向かい
それでも生き続けること

削り取られた想いの欠片を抱えて
自分のものではなくなっても
願いはこの胸の中で　生き続けるから

傷だらけになっても
どうか抱きしめて
その光が守り続けていてくれるから

願い続けて
それはいつしか星となり消えない祈りとなるから

荒ぶる流れの中で　自分だけの想いを
松明のように掲げて

混沌とした流れの中で　その想いが触れた温もりを握りしめて
灯台のように照らす道を行く

この光が消えたわけじゃない
だからいつか——重なる
その道が——この手に

歩むために差し出したもの

歩くのを——止めて
ここまで来るために　失ってきたもの
一つ一つ指を折って　数えて……

その一歩のために
胸の中にしまっていたもの　一つ差し出して
痛みと引き換えに　朝陽を呼んで

悲しみに溺れて　花を咲かせて
大切なもの　手放して

この手から失われてしまったのは何のため

そもそもこの歩みは——何のため……

悲しみを背負って　想いを灯して
痛みを抱えて　光を紡いで
奪われた温もりを—せめてこの胸にしまって

歩み続けることができたのは
ずっと——探していたから……

この歩みに何の意味があるかなんて分からない
失われた温もりが託した光の行方なんて誰も知らない
それさえも闇に飲み込まれてしまうから
それでも歩み続けなければ　すべてが消えてしまうから

涙さえも光に変えて
後悔までも勇気に変えて
胸の奥の鼓動は歌い続ける

意味なんてなくても
ここに生きていくために
この歌があるならそれだけでいい

いくつもの夢を犠牲にしてきた
それでも残ったものを希望と呼んで

この想いに意味なんてなくても
この光まで失われるわけじゃない

それでも照らされるものが　その遙か先にあるのなら
ここに生きている今は　それだけで煌めいている

続けてきた歩みが　守り抜いたものが
この手の中で——輝くから

その眩しい光が
鼓動をして
歌うなら

意味なんてなくても
それだけで——この世界は温かくなる
彼方の星のように
光溢れる——この空のように

失われた光を—握りしめて

大切な何かを　握りしめて
そのために　歩み続けていたというのに
気づいたらこの手には何もなかった
この心さえも——空っぽだった……
自分の中には何も残されていなかったから
抜け殻のような体を引きずって　彷徨うように生きている
それはまるで時を奪われた時計のようで
それは永遠に海原に漂流する氷の欠片

いつか時が崩れ落ちる日を想わずにはいられない
いつか沈んで消えてしまえる日を願わずにはいられない

束の間の日溜まりに安らぎを見出しても
それはすぐに冷え切ってしまう
虚しさはそんなことではごまかせないから

目を瞑れば
影の中に飲み込まれそうになる

——それでも

目を開けば
これまで生きていた世界が

この瞳の中で——鼓動を始める

残されたものが　この手から去っていく
寂しさで震えてしまうほどに　それは虚しくて
心は張り裂けて　消えてしまいたくなる

それでも――ここに生きている
その命を灯火のように抱えて

この鼓動――どうか消えないで
その瞳――どうか閉じないで

星のように照らすからこそ
この世界が――輝くから

出会いの数だけ　いくつもの思い出を失ってきた

温かな記憶と一緒に　体温も奪い取られて
彼方の闇に浮かぶ月のように
残った光に手を伸ばして……

触れてくれる　その温もりが
この氷河を優しく溶かして　海を渡る船に変えてくれる

意味なんてなくても　そしてどんなにか
この胸の内が虚しくても　ただ呼吸をして――生きて

この胸の奥で鼓動するだけで
世界に響き渡るのは

ただそれだけで　太陽の光のように
この世界を――温かく照らすから

自分にできることなんてもう何も残ってはいない
空っぽな手なら　この時に刻みつけてきた針の指し示す今を
生きていくために

彷徨い　歩く　この海原に射し込む光
それはこの目を開いたからこそ——見えた太陽だから
まだ温かい——いつもこの手にあるから
まだ煌めく——それは胸の中にあるから
誰よりも傍で——見えないくらいの眩しさで
それは——輝き続けている

余韻─もう一度始まる歌

陽が落ちれば
夕暮れは胸を締めつけるほどに
切なくて

無くしてしまう想いとか
変わってしまう気持ちとか
悲しくて　虚しくて
そういうことが全部──切なくて

残せなかった歩みは
せめてここに置いていくことはできるから

こんな足下に咲く花と　見上げた朝陽の煌めきは
未来まで見渡せそうなくらいに眩しくて
星と花の語らいは　こんなにも美しくて

もう一度信じようと――握りしめて
――言葉にならない――祈りを込めて……

それは蝋燭の火みたいな明かり　そして小さな鼓動のような勇気

それで充分　この手にはそれだけでいい

過ちとか　自分の至らなさとか　届かなかった歩みとか

その場所が　もう彼方の雲のように　遠いから
もう一度続けられるかどうかも分からない
挫ければもうやめてしまうかもしれない
それでも　その歩みを
どうか―止めないで…
きっと星は瞬いて　風は囁いて
あなたに――届くから

好きだよ　あなたの歌
好きだよ　あなたの声
好きだよ　あなたの詩
だから　どうか　こんなわがままを聴いて
届かなかったものは　この道の果てにきっとあるから
まだ終わってなんかないよ　あなたのその歩み

あなたの明日　もう一度見せて
見上げた空に　もう一度
――散りばめて

あとがき

きっかけはある読者からのメッセージだった。

「苦しい」「生きるのが辛い」「それでも生きていこうと思うのに」

ただただ「苦しい」とそれは語っていた。

こんな苦しみに一体何と答えればいいいだろう。励ましか、労りか、共感か…分からなかった。

そのどれでもあるようで、どれでもないようにも思った。ただ――

何かを伝えたいと思った。伝えなくてはと思った。

ただの共感では意味がない。その過程を描かなければ伝わらない。

そこに秘めた願いをこそ描かなければ届かない…。

綴った返事を何て呼べばいいかも分からないままに、送ったものはやはり詩という以外に呼べる名前がなかった。

詩を読んだ彼女はこう告げた。「――生きていきます」と。

いつだって孤独は私にとって詩の風景だった。
鋭い痛みであるほどに、言葉もまた深く突き刺さるように届くことがある。
ならばただ詩を描くだけではなく、痛みを抱え、苦しむ誰かだから、
届けられる言葉があるかもしれないと、こうして返答詩は始まった。

言葉を綴る自分がここにいて、
画面の向こうに、言葉に触れてくれる「あなた」がいて。
触れられないのに、とても温かいから。救いのように眩しいから。
零れ落ちた言葉に応えるために、今も返答詩を紡いでいる。

大野弘紀

大野弘紀（おおの・ひろき）

1989年生まれ。長崎県出身、埼玉県在住。文教大学人間科学部人間科学科卒業。前著に『涙の傷 傷の光』（文芸社）、『自分を語るということ』（文芸社）がある。小説投稿サイト「クランチマガジン」に言葉を綴り、アメーバブログで「詩人 心の止まり木」として詩を掲載。とある読者からのメッセージを機に、コメントした読者に詩を送る試みを始める。それを「返答詩」と名付け、苦しみに寄り添うために、詩を綴っている。

Twitter : @poet_onho
Mail : goldenslumber02@gmail.com

本作は上記のサイト、アメーバブログの投稿作品へ読者から寄せられたコメントへの返答の詩として作成したものを集めた返答詩集である。

Special thanks
詩にコメントを寄せてくださったすべてのアメーバブログのユーザー

返答詩集《へんとうししゅう》　余韻《よいん》

2015年12月25日　初版第一刷

著　者　大野弘紀《おおのひろき》
発行人　マツザキヨシユキ
発　行　ポエムピース
東京都杉並区高円寺南4-26-5YSビル3階
〒166-0003
TEL03-5913-9172　FAX03-5913-8011
デザイン　堀川さゆり
印刷・製本　株式会社上野印刷所
落丁・乱丁本は弊社宛にお送りください。送料弊社負担でお取り替えいたします。

ISBN978-4-9907604-3-4 C0095